Desastres

PLAGA
LA PESTE NEGRA

Gareth Stevens

Please visit our website, www.garethstevens.com. For a free color catalog of all our high-quality books, call toll free 1-800-542-2595 or fax 1-877-542-2596.

Cataloging-in-Publication Data

Levy, Janey.
 Plaga : la peste negra / Janey Levy, translated by Esther Sarfatti.
    pages cm. — (Desastres)
 Includes bibliographical references and index.
 ISBN 978-1-4824-3253-4 (pbk.)
 ISBN 978-1-4824-3250-3 (6 pack)
 ISBN 978-1-4824-3248-0 (library binding)
 1. Plague. 2. Black Death—Europe—History. 3. Epidemics. I. Title.
 RA644.P7L48 2016
 614.5'732094—dc23

First Edition

Published in 2016 by
Gareth Stevens Publishing
111 East 14th Street, Suite 349
New York, NY 10003

Copyright © 2016 Gareth Stevens Publishing

Designer: Katelyn E. Reynolds
Editor: Therese Shea

Photo credits: Cover, pp. 1, 13 Hulton Archive/Getty Images; cover, pp. 1–32 (background texture) 501room/Shutterstock.com; pp. 5, 23 Ann Ronan Pictures/ Print Collector/Getty Images; pp. 7, 18 NYPL/Science Source/Getty Images; p. 9 Andrey Bayda/Shutterstock.com; p. 11 Leemage/Universal Images Group/Getty Images; p. 15 Master of Puppets and Alexrk2/Wikipedia.org; pp. 17, 19 DeAgostini/ Getty Images; pp. 21, 27 MOLA/Getty Images; p. 25 Photo12/UIG via Getty Images; p. 29 Michel du Cille/The Washington Post via Getty Images.

Printed in the United States of America

CPSIA compliance information: Batch #CS15GS: For further information contact Gareth Stevens, New York, New York at 1-800-542-2595.

CONTENIDO

Barcos de la muerte 4

La enfermedad 6

El trayecto de la peste negra 10

La peste negra se extiende
       por Europa 12

Condenados por la ignorancia
       y el miedo 16

Europa después de la peste negra 24

Investigaciones recientes sobre
       la peste negra 28

Glosario 30

Para más información 31

Índice 32

Las palabras del glosario se muestran en
negrita la primera vez que aparecen en el texto.

BARCOS DE LA MUERTE

En un espléndido día, a principios de octubre de 1347, atracaron 12 barcos mercantiles italianos en Mesina, Sicilia. Volvían del Mar Negro, un punto clave para el comercio entre Europa y China. Una multitud se había reunido para recibirlos, pero el buen humor se transformó rápidamente en horror.

La mayoría de los marineros llegaron sin vida. Los que estaban vivos sufrían de fiebres altas, **vómitos** y fuertes dolores. Estaban cubiertos de pústulas que segregaban **pus** y sangre. Las autoridades, alarmadas, dieron órdenes para que los "barcos de la muerte" abandonaran el puerto, pero ya era demasiado tarde.

La peste negra, también conocida como la muerte negra, había llegado a Europa, y a lo largo de los cinco años siguientes mataría a decenas de millones de personas.

¿Qué era la peste negra? ¿De dónde vino y cómo fue posible que matara a tanta gente? ¿Por qué no pudo evitarse que se propagara?

Datos Importantes

Los marineros de los barcos italianos habían estado en un puesto de comercio en la actual Ucrania que había sufrido un ataque militar. El ejército atacante había lanzado al puesto de comercio los cadáveres de las víctimas de la peste negra, infectando así a los marineros.

La propagación de la peste negra fue una desafortunada consecuencia del comercio internacional durante el siglo XIV. Este grabado muestra el gran tráfico fluvial en Venecia, Italia, en aquella época.

UN TESTIGO DE MESINA

Un testigo presencial en Mesina escribió: "La infección se propagó a todos los que de algún modo habían tenido tratos con los enfermos, según un olor penetrante en [...]. Después, les salían unos forúnculos, del tamaño aproximado de una lenteja, en el muslo o en la parte superior del brazo [...]. Esta infección al momento penetraba en el cuerpo y producía intensos vómitos de sangre. Los vómitos de sangre continuaban [...] durante tres días, sin que hubiera remedio posible, y después el paciente expiraba."

5

LA ENFERMEDAD

Hoy en día, la mayoría de los expertos creen que la muerte negra fue una plaga causada por la bacteria *Yersinia pestis*. Esta bacteria normalmente infecta a las ratas que, en aquel entonces, igual que ahora, rondaban por todas partes donde vivía gente. La bacteria se transmite a través de las pulgas.

La peste ocurre en tres formas diferentes, todas igual de terribles: bubónica, neumónica y septicémica. Algunos creen que la peste negra era una combinación de varias plagas.

La peste bubónica es la forma más común y la que se transmite por las pulgas. Los síntomas, o señales, incluyen fiebres altas, dolor en las extremidades, vómitos de sangre y bubones —inflamación de los ganglios **linfáticos** en el cuello, las axilias y la **ingle**—que dan nombre a esta forma. Los síntomas aparecen unos cuatro días después de ser infectada la persona, y alrededor del 60 por ciento de las víctimas muere aproximadamente dentro de cuatro días después de que aparecen los síntomas.

Datos Importantes

Es posible que el nombre de la muerte negra venga de los forúnculos y bubones negros que aparecen en los cuerpos de las víctimas. O tal vez venga del nombre de la enfermedad en latín: *atra mors*. *Mors* significa "muerte" y *atra* significa "terrible" o "negro".

Hoy en día tenemos conocimientos de ciencia y diferentes bacterias que la gente del siglo XIV no poseía. Circularon teorías sobre la causa de esta terrible enfermedad, pero no ayudaron a salvar a las pobres víctimas.

EL DESCUBRIMIENTO DE YERSINIA PESTIS

La bacteria responsable de la peste no se descubrió hasta unos 550 años después de la peste negra. En 1894 hubo una epidemia de peste en Hong Kong. Alexandre Yersin, un médico francés que trabajaba en el sudeste de Asia, fue enviado a Hong Kong para llevar a cabo la investigación. Identificó la bacteria que causaba la enfermedad y, basándose en documentos escritos de la época, la describió como la enfermedad de la peste. Otro médico, el japonés Kitasato Shibasaburo, que también trabajaba en Hong Kong, identificó la misma bacteria por su cuenta.

La peste neumónica puede surgir de la peste bubónica si la bacteria se propaga a los pulmones. Es la forma más grave de la enfermedad y la única que puede contagiarse de una persona a otra, de la misma manera que un catarro. Los síntomas incluyen fiebre, dolor de cabeza, debilidad, dificultad al respirar, dolor de pecho, tos y **mucosidad** clara o sanguinolenta. La peste neumónica es casi siempre mortal, y las víctimas pueden morir incluso en cuestión de horas una vez infectadas.

La peste septicémica ataca la sangre y puede transformarse en peste bubónica si no se trata a tiempo. Los síntomas incluyen fiebre, escalofríos, extrema debilidad, dolor de estómago y posiblemente hemorragias debajo de la piel y otros órganos. La piel y otros tejidos del cuerpo primero se ponen de color negro y luego mueren, sobre todo en la nariz y en los dedos de las manos y los pies. Igual que la peste neumónica, es casi siempre mortal.

Datos Importantes

Si una víctima de la peste bubónica lograba vivir más de lo esperado, lo cual no era habitual, los bubones reventaban y salía pus. Esto era sumamente doloroso y los que lo presenciaron describieron cómo las víctimas saltaban de la cama gritando de dolor.

Es fácil entender cómo la peste pudo propagarse tan rápidamente en las ciudades y pueblos del siglo XIV, donde la gente vivía tan amontonada, como se muestra aquí, en Matera, Italia.

TESTIGOS DEL HORROR

Varios documentos escritos del siglo XIV describen la facilidad con la que se propagaba la enfermedad. Un médico escribió que "la muerte ocurre cuando el aspecto, vista de los ojos, del hombre enfermo y penetra en la persona sana que está próxima a vigila al enfermo". El autor italiano Giovanni Boccaccio escribió: "Hablar o acercarse a una persona enferma era como una sentencia de contraer la infección y posteriormente la muerte para los vivos. [...] tocar la ropa o cualquier otra cosa que los enfermos habían tocado o se habían puesto, traspasaba la enfermedad a la persona".

EL TRAYECTO DE LA PESTE NEGRA

La peste negra surgió alrededor de 1330 en algún lugar de Asia, posiblemente en China o en la región que en la actualidad ocupa Kazajistán. Se extendió hacia el oeste a través de las rutas de comercio o con el ejército **mongol**. En 1346, había llegado a la región de Crimea, en la actual Ucrania, donde contagió al ejército mongol. Se extendió al puesto de comercio italiano que había allí, e infectó a los marineros.

Desde el puesto de comercio en Crimea, la peste negra se propagó a través de las rutas de comercio. Los barcos la llevaron a la isla mediterránea de Chipre en el verano de 1347, y llegó a la ciudad francesa de Marsella en septiembre. Como ya leíste antes, la peste negra llegó a Mesina, Sicilia, en octubre. Para noviembre ya había llegado a las ciudades italianas de Venecia, Pisa y Génova. Ya no había escapatoria.

Datos Importantes

La peste no hizo su primera aparición en el siglo XIV. Europa sufrió una epidemia de peste en el siglo VI que causó la muerte a millones de personas, pero desde entonces la enfermedad no había causado grandes epidemias.

10

Algunos creen que la peste negra llegó a la India antes de propagarse a Europa, quizás alrededor de 1332.

¿JERBOS... MORTALES?

Algunos científicos relacionan el brote de la peste en Asia con el crecimiento de la población de jerbos gigantes. Al igual que las ratas, los jerbos son roedores que atraen pulgas. Las condiciones climáticas adecuadas hicieron que la población de jerbos y pulgas aumentara. Cuando el tiempo cambió, el número de jerbos disminuyó. Entonces, las pulgas se pasaron a los camellos y viajaron sobre ellos a los puestos de comercio de los camellos. Se pasaron a las ratas, que en realidad proliferaron, y las ratas se metieron en los barcos, que iban a Europa.

LA PESTE NEGRA SE EXTIENDE POR EUROPA

Una vez que la peste negra llegó a Europa, se propagó con una rapidez asombrosa por las rutas de comercio. Desde Marsella, Francia, se desplazó en dos direcciones: al norte por el río Ródano hacia el corazón de Europa y al sudoeste por la costa Mediterránea hacia España. Cuando llegó a la ciudad de Narbona en su recorrido por la costa, volvió a tomar dos rumbos diferentes: por un lado siguió hacia España y por otro viajó por tierra hacia el centro de comercio de Burdeos en la costa Atlántica.

Durante la primavera y el verano de 1348, los barcos que salieron de Burdeos llevaron la peste negra a los puertos españoles y al norte de Francia. Desde el norte de Francia, la enfermedad se extendió hacia París y a los actuales Países Bajos y Bélgica. Otro barco de Burdeos llevó la peste negra al sur de Inglaterra. Para el mes de agosto, ya había llegado a Londres.

Datos Importantes

Transportada en barcos, la peste negra se extendió alrededor de 25 millas (40 km) al día. Por tierra se propagó más despacio, alrededor de 1.2 millas (2 km) al día.

La peste negra llegó a Melcombe Regis en el sur de Inglaterra a principios de mayo de 1348. Desde allí, se extendió por el interior hasta otras ciudades portuarias inglesas. Se propagó por toda Inglaterra durante el año 1349.

LA PESTE NEGRA MÁS ALLÁ DE EUROPA

La peste negra no solo se extendió por Europa. Los barcos italianos que volvieron del puesto de comercio en Crimea llevaron la enfermedad a Constantinopla (actualmente Estambul, Turquía) en mayo de 1347. La peste negra llegó a Alejandría, Egipto, desde Constantinopla, en septiembre. Desde Alejandría, se propagó hasta El Cairo, Egipto. Al llegar la primavera de 1348, aproximadamente 1,000 personas en Alejandría y 7,000 en El Cairo llegaron a morir a diario.

13

Los barcos que zarpaban de Inglaterra llevaron la peste negra a Oslo, Noruega, en el otoño de 1348. Desde allí, se extendió hacia el interior. Un barco inglés llevó la enfermedad a Bergen, Noruega, en julio de 1349.

Oslo y Bergen eran importantes centros de comercio donde llegaban barcos de muchos países del norte de Europa y, al igual que Marsella, se convirtieron en centros desde donde se propagó la enfermedad. Los barcos noruegos llevaron la peste negra a numerosas ciudades del norte de Europa en 1349. En la primavera de 1350, la enfermedad se extendió por el sur hasta llegar al corazón de Europa, donde también llegó desde el norte, por el río Ródano.

En el otoño de 1351, la peste negra entró en Rusia. La enfermedad devastó Moscú en 1353 y una vez más llegó a los mongoles. Había vuelto a su punto de partida.

Datos Importantes

Finlandia e Islandia consiguieron evitar la peste negra. Tenían poco contacto con otros países y además al ser sus poblaciones pequeñas hubiera sido más difícil que la enfermedad se propagara.

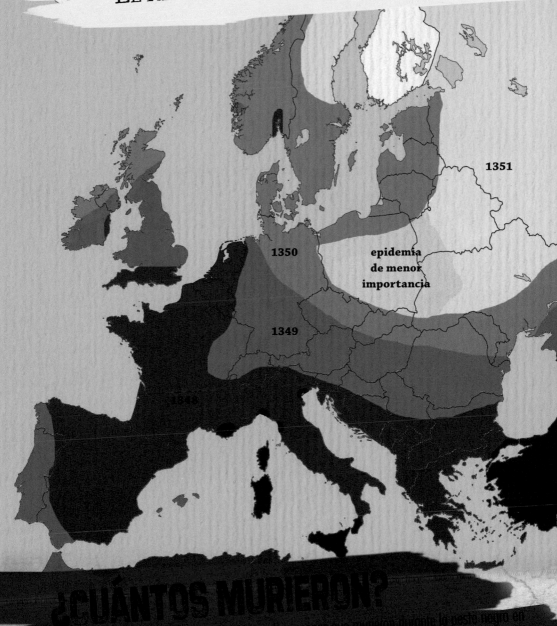

1351

1350

epidemia
de menor
importancia

1349

1348

¿CUÁNTOS MURIERON?

Es difícil determinar exactamente el número de personas que murieron durante la peste negra en Europa. Durante mucho tiempo, la mayoría de los expertos coincidían en que fueron probablemente alrededor de 25 millones, o un 30 por ciento de la población. Recientemente, un experto ha estudiado los documentos acerca de las muertes, teniendo en cuenta que esta información no incluye las mujeres, los niños y los pobres. ¡El calcula que murieron unos 50 millones de personas, o el 60 por ciento de la población!

CONDENADOS POR LA IGNORANCIA Y EL MIEDO

¿Qué pensó la gente de la gran tragedia que les vino encima y cómo se enfrentaron a ella? Los más educados sabían que se trataba de una enfermedad y no de un castigo de Dios, pero el conocimiento que tenía la gente en el siglo XIV de las enfermedades, sus causas y sus tratamientos era escaso y muy diferente de hoy.

Los doctores del Colegio de Médicos de París, Francia, opinaron que la enfermedad era el resultado de la forma en la que los planetas Saturno, Júpiter y Marte se habían alineado en el signo de Acuario en 1345. Este evento causó temperaturas altas y húmedas que hicieron que la Tierra liberara vapores venenosos, llamados miasmas que causaron esta enfermedad mortal.

Al creer que estas eran las causas de la peste negra, se puede entender que cualquier posibilidad de encontrar una cura, o de controlar la enfermedad estaba destinada al fracaso.

Datos Importantes

Algunas de las sugerencias que hicieron los médicos de París para que la gente evitara la enfermedad era que no comieran aves de corral, pescado, puerco, carne de res y aceite de oliva. También hicieron estas advertencias: "Es perjudicial dormir durante el día (...), demasiado ejercicio puede ser perjudicial (...), bañarse es peligroso."

En el siglo XIV, los astrólogos generalmente se consideraban eruditos y eran muy respetados. Ellos creían que el movimiento de las estrellas y de los planetas influía en el tiempo, los cultivos, el funcionamiento del cuerpo humano y mucho más. Los médicos a menudo se guiaban de un mapa celeste para ayudarlos a identificar las enfermedades.

EL PODER DEL PENSAMIENTO

Los dirigentes de muchas ciudades tomaron medidas para tratar de proteger a sus comunidades de la peste negra. Algunos puertos negaban la entrada a barcos que se sospechaba venían de zonas infectadas. En Venecia, Italia, tomaron medidas más estrictras. Hasta los barcos no procedentes de las zonas infectadas se **aislaban** durante 30 días para asegurarse de que ninguna de las personas a bordo estaban enfermas.

La ciudad de Milán, Italia, también implantó medidas severas para intentar prevenir la propagación de la enfermedad. Cuando alguien en una casa contraía la enfermedad, la casa se emparedaba con todos sus habitantes dentro, tanto los sanos como los enfermos. En 1350, los dirigentes de la ciudad cambiaron de táctica. Construyeron un **lazareto** fuera de las murallas de la ciudad, y llevaron allí a todos los enfermos, junto con las personas que los cuidaban, para aislarlos.

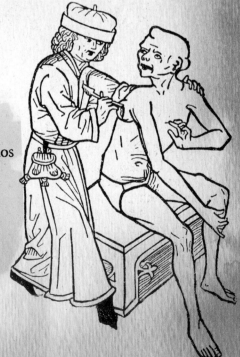

Datos Importantes

Algunos otros tratamientos utilizados por los médicos eran la sangría, que consistía en abrir las venas para drenar cualquier veneno en la sangre; quemar hierbas aromáticas; y bañar a los pacientes en agua de rosas o vinagre.

Algunos médicos trataron de curar a las víctimas de la peste negra. Uno de los tratamientos que utilizaron era abrir los bubones y drenarlos, pero en realidad esto podía causar la muerte del paciente al provocar una condición mortal conocida como síndrome del choque tóxico.

MEDIDAS CONTRA LA PESTE EN PISTOIA, ITALIA

En mayo de 1348, los dirigentes de la ciudad de Pistoia promulgaron leyes para tratar de controlar la propagación de la peste negra. Estas leyes limitaban las importaciones y exportaciones, los viajes y el comercio con Pisa y Lucca. En otros lugares, limitaban el movimiento de la gente que entraba y salía de la ciudad y evitaban las aglomeraciones de gente, justo el tipo de actividades que podían propagar la enfermedad. Pero estas medidas no sirvieron de mucho ayuda: ¡al menos un 70 por ciento de la población murió!

Cundió el pánico entre la población en general, horrorizada por esta terrible enfermedad. Las personas sanas evitaban a las enfermas. Algunos médicos se negaron a recibir pacientes. Incluso hubo sacerdotes que no quisieron atender a los moribundos. Los tenderos cerraron sus tiendas. Los que tenían medios huyeron de las ciudades con la esperanza de escapar de la peste negra en el campo. Pero en el campo también los esperaba la enfermedad, donde había infectado a vacas, ovejas, cabras, puercos y pollos. De hecho, murieron tantas ovejas que hubo escasez de lana.

El autor italiano Boccaccio escribió acerca de cómo, en un intento desesperado por salvarse, la gente abandonaba a sus seres queridos enfermos y moribundos: "el hermano abandonaba a su hermano, y el tío a su sobrino, y la hermana a su hermano e incluso la esposa a su esposo". Aun peor, escribió, muchos padres se negaron a cuidar a sus hijos.

Datos Importantes

La gente experimentó con algunas "curas" absurdas para librarse de la peste negra: ataban pollos vivos a los bubones, bebían pociones venenosas como el mercurio o el arsénico, ¡incluso usaban tratamientos que supuestamente contenían cuerno molido del mítico unicornio!

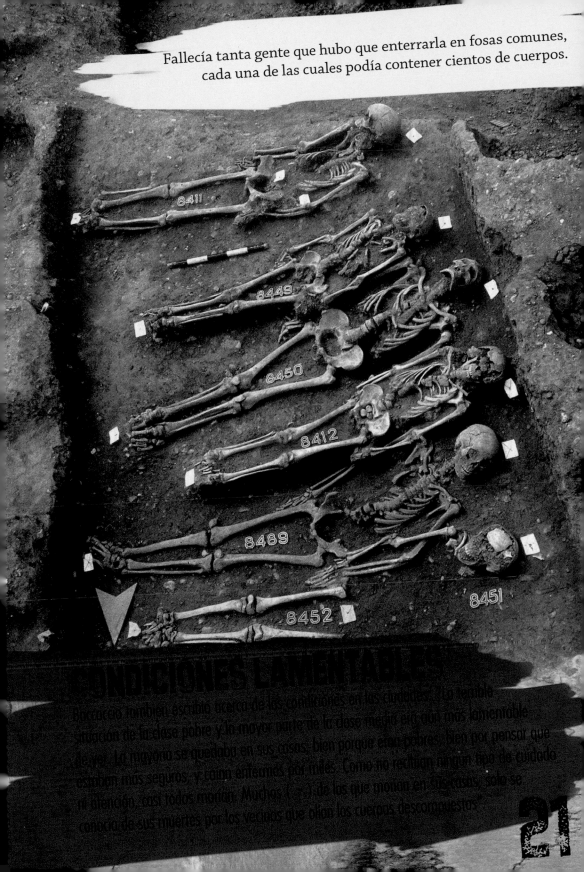

Fallecía tanta gente que hubo que enterrarla en fosas comunes, cada una de las cuales podía contener cientos de cuerpos.

CONDICIONES LAMENTABLES

Boccaccio también escribió acerca de las condiciones en las ciudades: "La terrible situación de la clase pobre y la mayor parte de la clase media era aún más lamentable de ver. La mayoría se quedaba en sus casas, bien porque eran pobres, bien por pensar que estaban más seguros, y caían enfermos por miles. Como no recibían ningún tipo de cuidado ni atención, casi todos morían. Muchos [...] de los que morían en sus casas, solo se conocía de sus muertes por los vecinos que olían los cuerpos descompuestos."

Algunos creyeron que la peste negra era un castigo de Dios y decidieron hacer **penitencia** con la esperanza de que Dios les quitara el castigo. Caminaban descalzos por Europa dándose azotes con látigos o palos con púas en un extremo. Estas personas se conocían como los flagelantes, y la gente se reunía para observarlos mientras se azotaban y rogaban por el perdón de Dios.

Los flagelantes y muchos otros cristianos en Europa tenían **prejuicios** hacia los judíos y creían que los judíos eran responsables de la peste negra. Quemaron a muchos judíos en las hogueras y prendieron fuego a edificios ocupados por comunidades enteras. Algunos judíos pudieron salvarse de la peste negra porque se les obligaba a vivir aislados del resto de la sociedad, pero un gran número fueron asesinados de manera atroz durante el tiempo que duró la peste.

Datos Importantes

Los flagelantes no solo mataban a judíos, también mataban a los sacerdotes que criticaban tales penitencias y otros actos.

Al principio, el papa toleró la acción de los flagelantes, pero en octubre de 1349 ordenó a las autoridades que no se permitieran estos actos.

TESTIGO DE LOS FLAGELANTES

Un escritor francés que fue testigo presencial de los flagelantes escribió lo siguiente: "Desnudos de la cintura para arriba, se reunían en grupos y bandas y marchaban en procesión por las cruces de caminos y las plazas de las ciudades y pueblos importantes. Formaban círculos y se azotaban las espaldas con látigos pesados, mostrando su alegría en forma de himnos y cantando himnos (...) Se flagelaban los hombros y los brazos con látigos con puntas de hierro con tanto fervor que se sacaban sangre".

23

EUROPA DESPUÉS DE LA PESTE NEGRA

Cuando la peste negra finalmente terminó, la pérdida abrumadora de población causó graves problemas económicos. En las ciudades, algunos negocios tuvieron que cerrar. Gente que debía dinero murió, al igual que toda su familia. Muchos de los que habían prestado dinero a otros también murieron. Las obras de construcción se quedaron paralizadas o se abandonaron del todo. Murieron artesanos de todo tipo y no había nadie que pudiera reemplazarlos. En el campo, las fincas e incluso aldeas enteras se quedaron sin gente o fueron abandonadas. No había suficientes trabajadores para sembrar y cosechar los cultivos.

Muchas personas perdieron su fe. Les parecía que Dios les había dado la espalda así que ellos abandonaron su religión. Locos de alegría por haber salido con vida, se dieron al placer de comer y beber en forma excesiva, vestir ropas lujosas y hacer juegos de apuestas con dinero.

Datos Importantes

Al escribir acerca de la peste negra, un historiador italiano incluyó la siguiente frase: "Y la peste duró hasta _____." Aunque su intención era rellenar el espacio en blanco más adelante, no tuvo oportunidad, ya que murió de la peste en 1348.

24

Ya que la muerte rondaba por todas partes durante la peste negra, ésta se convirtió en un tema habitual en el arte. Un motivo popular se conocía como *la danza macabra* o danza de la muerte.

LA DANZA DE LA MUERTE

La peste negra dio lugar a un motivo en el arte llamado la danza de la muerte. En las pinturas e imágenes impresas, la figura de la muerte aparecía en forma de esqueleto. Algunas veces aparecían uno o varios esqueletos junto con gente viva, atendiendo a sus quehaceres diarios. ¡Algunas pinturas incluso mostraban grupos de esqueletos que bailaban! Todas estas imágenes recordaban a la gente que la muerte está siempre cerca y que uno puede morir en cualquier momento.

A pesar de todo, un estudio reciente encontró que la vida mejoró después de la peste negra. Los supervivientes vivieron más años de lo que solía vivir la gente antes de que apareciera la enfermedad. Basándose en un estudio de huesos, los científicos descubrieron que después de la peste negra, más del doble de la gente sobrepasó la edad de 70 años. ¿Por qué sería?

Es posible que la enfermedad matara a la gente más débil que probablemente no hubiera vivido más de 70 años. Los supervivientes, por tanto, eran más fuertes. O tal vez los supervivientes tenían una dieta mejor. Existen documentos históricos que muestran que la gente, sobre todo los pobres, comían mejor después de la peste negra, ya que la comida disponible no tenía que repartirse entre tanta población. O puede que haya sido una combinación de los dos factores.

En todo caso, es extraño que un acontecimiento tan terrible haya podido resultar en algo positivo.

Datos Importantes

Después de la peste negra, los supervivientes comían cantidades mayores de carne y pescado, y pan de mejor calidad.

Los huesos de las víctimas de la peste negra a menudo revelan que sufrieron de otras enfermedades también. Es posible que el hecho de que ya tuvieran problemas de salud hiciera más probable que se contagiaran de la peste negra y murieran de la enfermedad.

11618

LA PESTE INTERMINABLE

A mediados del siglo XIV, la peste negra había remitido, pero no había desaparecido del todo. Volvió una y otra vez, aunque nunca con unas consecuencias tan terribles. Durante la segunda mitad del siglo XIV, la enfermedad volvió aproximadamente cada 20 años. También en el siglo XV hubo muchos brotes. Después, durante los dos siglos siguientes, hubo epidemias locales. La peste todavía existe hoy en día, incluso en Estados Unidos. Afortunadamente, es fácil de tratar con medicamentos modernos si se descubre a tiempo.

INVESTIGACIONES RECIENTES SOBRE LA PESTE NEGRA

Ya que la peste negra fue tan terrible y la bacteria que la causa sigue vivita y coleando, los científicos continúan investigándola. Según los conocimientos que tienen acerca de la bacteria moderna *Y. pestis*, algunos científicos dudan que haya podido causar la peste negra. Pero en el año 2000, un grupo de científicos encontró ADN de *Y. pestis* en los dientes de víctimas de la peste negra.

Las dudas continuaron. Luego, recientemente, otro grupo de científicos no solo encontró ADN de *Y. pestis* en los huesos de las víctimas de la peste negra, sino que decodificaron su genoma completo.

Aun así, algunos científicos todavía no están convencidos de que *Y. pestis* fue responsable de la peste negra. Ellos creen que un virus explicaría mejor los síntomas y la rapidez con la que la enfermedad se propagó. Es probable que el debate continúe durante mucho tiempo.

Datos Importantes

Una razón por la controversia acerca de la causa de la peste negra es que en el 2004 algunos investigadores no pudieron encontrar ningún rastro de ADN de *Y. pestis* en los dientes de las víctimas de la enfermedad.

El virus de Ébola se puede propagar tan fácil y rápidamente que tanto el personal médico, como otras personas que atienden a los enfermos, tienen que usar trajes especiales para protejerse.

¿PODRÍA HABER CAUSADO LA PESTE NEGRA UN VIRUS PARECIDO AL DEL ÉBOLA?

Algunos investigadores creen que los síntomas y la rapidez con la que la peste negra se propagó serían más propios de un virus parecido al del Ébola. Este virus causa una nueva y terrible enfermedad que se conoce como fiebre hemorrágica porque entre sus síntomas están las hemorragias, o la pérdida de grandes cantidades de sangre. Se propaga rápida y fácilmente de una persona a otra, provoca la rotura de los vasos sanguíneos y disuelve los órganos internos, causando dolores horribles.

29

GLOSARIO

aislar: mantener separado de los demás

expirar: morir

fervor: con mucho entusiasmo, mostrando un fuerte apoyo por algo

forúnculo: inflamación purulenta en la piel

infección: la propagación de gérmenes que causan enfermedades

ingle: la línea entre la parte inferior del vientre y el muslo

lazareto: lugar donde se aislaba a los infectados o sospechosos de enfermedades contagiosas

linfático: relacionado con la linfa, un líquido transparente en el cuerpo que forma parte del sistema que sirve para combatir la infección

mongol: miembro de un pueblo de Mongolia que conquistó gran parte de Asia y de Europa oriental en los siglos XII y XIII

mucosidad: un líquido espeso y baboso que produce el cuerpo

penitencia: un acto llevado a cabo para mostrar arrepentimiento o expiar un pecado

prejuicio: una opinión poco razonable de alguien o algo

pus: un líquido espeso y de color amarillento que se forma en el cuerpo como respuesta a la infección

roedor: un pequeño animal peludo con dientes delanteros grandes, como un ratón o una rata

vómito: aquello que se vomita o se devuelve

PARA MÁS INFORMACIÓN

LIBROS

Jeffrey, Gary. *The Black Death*. New York, NY: Crabtree Publishing, 2014.

Senker, Cath. *The Black Death 1347–1350: The Plague Spreads Across Europe*. Chicago, IL: Raintree, 2006.

Zahler, Diane. *The Black Death*. Minneapolis, MN: Twenty-First Century Books, 2009.

SITIOS DE INTERNET

La muerte negra

www.sciencemuseum.org.uk/broughttolife/themes/diseases/black_death.aspx
Aprende más acerca de la peste negra y de cómo la gente intentó enfrentarla en este sitio web interactivo.

La muerte negra

historymedren.about.com/od/theblackdeath/p/blackdeath.htm
Lee más acerca de la peste negra y aprende cómo afectó a la sociedad del siglo XIV.

Plaga: la muerte negra

science.nationalgeographic.com/science/health-and-human-body/human-diseases/plague-article/
Lee una breve historia acerca de la peste y aprende más acerca de los tipos de peste y dónde existen hoy en día.

ÍNDICE

ADN 28

bacteria 6, 7, 8, 28

barcos 4, 10, 11, 12, 13, 14, 18

Boccaccio, Giovanni 9, 20, 21

castigo 16, 22

causa 5, 6, 7, 10, 16, 28, 29

China 4, 10

Crimea 10, 13

danza de la muerte 25

Ébola 29

flagelantes 22, 23

forúnculo 5, 6, 30

fosas comunes 21

Inglaterra 12, 13, 14

Kazajistán 10

lazareto 18, 30

Marsella, Francia 10, 12, 14

mejor dieta 26

Mesina, Sicilia 4, 5, 10

mongol(es) 10, 14, 30

perder la fe 24

peste bubónica 6, 8

peste neumónica 6, 8

peste septicémica 6, 8

prevenir y controlar la propagación 18, 19

problemas económicos 24

pulgas 6, 11

río Ródano 12, 14

rutas de comercio 10, 12

sangría 18

síntomas 6, 8, 28, 29

tratamientos 16, 18, 19, 20

Ucrania 4, 10

Venecia 5, 10, 18

virus 28, 29

vivieron más años 26

Y(ersinia) pestis 6, 7, 28